Timóteo,
o peleador

CIP-BRASIL. CATALOGAÇÃO NA PUBLICAÇÃO
SINDICATO NACIONAL DOS EDITORES DE LIVROS, RJ

S885t   Stona, Dirceo
          Timóteo, o peleador : e outros contos / Dirceo Stona. – 1.
     ed. – Porto Alegre [RS] : AGE, 2023.
          64 p. ; 14x21 cm.

          ISBN 978-65-5863-226-9
          ISBN E-BOOK 978-65-5863-228-3

          1. Contos brasileiros. I. Título.

                              CDD: 869.3
          23-85994   CDU: 82-34(81)

Meri Gleice Rodrigues de Souza – Bibliotecária – CRB-7/6439

Dirceo Stona

Timóteo, o peleador

e outros contos

Editora AGE
PORTO ALEGRE, 2023

© Dirceo Stona, 2023

Capa:
Do autor,
utilizando fotografia de
Laércio de Menezes

Ilustrações:
Rafão Marcos
caricaflix@gmail.com
@rafaomarcos

Diagramação:
Júlia Seixas

Supervisão editorial:
Paulo Flávio Ledur

Editoração eletrônica:
Ledur Serviços Editoriais Ltda.

Reservados todos os direitos de publicação à
LEDUR SERVIÇOS EDITORIAIS LTDA.
editoraage@editoraage.com.br
Rua Valparaíso, 285 – Bairro Jardim Botânico
90690-300 – Porto Alegre, RS, Brasil
Fone: (51) 3223-9385 | Whats: (51) 99151-0311
vendas@editoraage.com.br
www.editoraage.com.br

Impresso no Brasil / Printed in Brazil

Prefácio

Aqui, fato, mito, folclore, realidade e ficção cintilam paixões. O conflito entre as ambições das personagens e seus desdobramentos se adensa em cada trama. Além de suspender a incredulidade dos leitores, a arte dos escritores consiste em transmitir visões de mundo, aguçar controvérsias e, principalmente, fazer sonhar. Um livro é sempre o passaporte para realidades diferentes das que experimentamos.

De forma espontânea e criativa, o autor transita em temas variados e contempla nuances que dão voz à interioridade desses sujeitos de escrita. Há um quê de fantástico em seu estilo, e isso não é de agora. Fiel aos autores que o antecederam e o influenciaram, Dirceo traz a força dos vínculos. Tanto as narrativas ficcionais quanto os poemas são trespassados por um *je ne sais quoi* lúbrico que bordeja o espanto e a obscuridade. As páginas a seguir são carregadas de ideias que suspiram entre si.

Paulo Fernando Monteiro Ferra
Psicanalista e escritor

*Dedico este livro
à minha mulher, Zaira Longaray,
aos meus filhos, Priscila, Deborah e Filipe Stona —
razões de minhas inspirações,
e a meu determinado enteado, Matheus Longaray.*

Sumário

Fantasias narcisistas na praia dos amores 11

O segredo do Arroio Grande 13

Os mitos também morrem 16

Príncipes, poesias, amor e traições 24

A namorada que era noiva 31

Dom Quixote e dom... Quem? 35

Uma mulher no sítio da Guajuvira 38

O muro 45

Timóteo, o peleador 52

Poema número V 57

Poema número VI 59

Poema número VII 61

Poema número VIII 62

Poema número IX 63

Poema número X 64

Fantasias narcisistas na praia dos amores

Em uma praia qualquer, banhistas se apinhavam na areia lambida pelo mar. Em meio à agitação, pipoqueiro, rendeira e vendedores ambulantes se mesclavam à paisagem e tentavam a sorte. O clima atiçava a fantasia daqueles que procuravam aventuras em um domingo à tarde. Um jovem de corpo atlético se destacava. Os seus músculos suados, por participar da partida de *beach tennis*, contraíam-se como pistões estimulados por vapores. Garotas davam *vazão aos seus impulsos* com olhares fixos ao corpo trabalhado pelos pesos e suplementos alimentares.

Em um dos intervalos, o narcisista da Praia dos Amores fazia alongamentos e arranjava métodos cada vez mais sofisticados de atrair a atenção dos que o rodeavam. Ao exibir-se, tornava-se um ator cujo palco era o próprio corpo, que emanava sedução. Para se certificar do efeito que provocava, tentava rastrear na multidão um possível par, seja homem ou mulher, para ter prazeres sem compromisso. O interesse desse Don Juan dos areais mesmo em querer ser apreciado como um deus sobre a Terra. Cedo ou tarde, o seu olhar encontrou. Era uma *top model* famosa. Sim, ela o percebeu, tirou os óculos de sol e fez um sinal sensual para que ele se aproximasse. O atleta, quase nu, ajeitou a sunga branca ao colo e como um gigante contorceu levemente o corpo como se fosse uma escultura do mundo moderno. O controle corporal antevia as delícias que gozaria em companhia dela. A beleza modelar do corpo é o farol que guia os instintos de um homem que sonha despertar o amor da ninfa Eco.

Não uma das nereidas, mas a mulher mais bela da praia agora se enroscava em seus braços. Quase em transe hipnótico, os dois mergulhavam em uma simbiose lasciva... O vestido molhado dava mostras da silhueta do qual se apossaria mais tarde; os traços do fisiculturista eram secretamente devorados pela imaginação da que se deixava seduzir... Um cada vez mais guloso pelo que o outro poderia oferecer. Os apetites se aguçavam, abrasavam-se em toques sutis, em sorrisos, em conversas, em bebidas, em beijos e abraços... Febrilmente envolvidos por um jogo de paixão despretensioso, moviam-se no tabuleiro de areia que prometia recompensas ao amanhecer.

Noite. Nenhum *paparazzi* sabia do paradeiro da *top model,* que se disfarçara bem durante o dia. A pequena praia revelava-se deserta. Todo o alvoroço cedera espaço ao rumor das ondas. O casal estava livre para encenar o que antes eram apenas pensamentos loucos. Os corpos desnudos finalmente se entregaram ao ardor que os consumia. O forte cheiro de feras selvagens, os delitos na volúpia que espantam os medos, os amores sonhados e perdidos, as advertências vãs, os murmúrios de algo que não se escuta em si, as coisas de que não se sabe a origem, anjos e demônios se entreolhavam sem julgamento e sem causa, e a areia grudada às nádegas, aos seios, às marcas da fúria e do sexo se somava ao luar refletido nas lentes espelhadas dos óculos de sol Prada ao léu...

Não resistiram ao frenesi arrebatador. Não era amor, os moralistas podiam bradar de seus tronos assépticos! Quando se põe os pés no fundo dos prazeres, não se sabe realmente onde se pisa. O sexo não precisa ter nome, mas ela, já nas primeiras luzes da manhã, saindo do espaço cênico perguntou: "qual é o seu nome mesmo?".

O segredo do Arroio Grande

Chinelas de dedo com as tiras rebentadas e botas de couro furadas calejavam os pés rachados com um odor fétido causado pelo calor do asfalto na principal via de acesso à Região Sul, a BR 116, mas os dedões dos pés não queriam se entregar ao sol, que se espelhava no asfalto da rodovia. Termômetros imaginários mostravam números também ilusórios, ora 48° ora 118°. O andarilho fechava os olhos para evitar que a sudorese que corria da testa tirasse-o a pouca visão que tinha dos caminhões que trafegavam na famosa rodovia que marcava 4.650 quilômetros da chamada Via Serrana, denominação regional dada a ela, que começa em Fortaleza e termina em Jaguarão. A BR corta dez Estados brasileiros para depois passar pelo Município de Arroio Grande. Uma pequena cidade com beleza e recursos naturais, local em que parou para recuperar o fôlego curto e vislumbrar o dia que estava findando.

Dorvalino Moreira Ribeiro de Canudos era um homem calvo que aparentava meia-idade, tinha barbas longas com um branco amarelado no fim, que causava um aspecto sujo. Dorvalino, amante da poesia e da filosofia, como Zaratustra, seguia os ensinamentos do deus Ormuzd, do Zoroastrismo, uma religião baseada na pureza e na igualdade. Enquanto molhava os pés no arroio que passava sob a Ponte Carlos Barbosa, arroio que deu o nome ao Município, encontrou Sofia, que caminhava pela margem e procurava um lugar ermo para se refrescar.

Ela sabia que o arroio escondia segredos, mas, como moradora do Município, nunca se interessou em explorar. Ao ver o velho que se aproximava em passos lentos e roupa encharcada de suor acenando e convidando-a para conversar, ficou espantada.

O velho falou como se ele fosse Zaratustra das planícies; disse que ali, além da grande quantidade do Granito Chasqueiro, deveriam existir atalhos sem números, pontes e semideuses que se ofereciam para levá-la além do rio, mas que ela tivesse cuidado, pois o arroio guardava um segredo, tinha mais de um tesouro escondido em suas águas; muitos já tinham tentado encontrar, mas ninguém nunca teve sucesso.

Ao saber que o nome dela era Sofia Evangelista de Souza, deixou o ancião radiante. Sofia era parente de uma das personalidades mais conhecidas por ali e teve sempre forte ligação com as terras de Arroio Grande, o famoso Visconde de Mauá. Importante por ter sido o empresário pioneiro na industrialização do Brasil no século XIX, embora tenha nascido no Rio de Janeiro. O Visconde tinha propriedades em várias partes do país, mas a que mais o atraía era a que tinha em Arroio Grande.

Na cidade, disse o velho homem, teu parente Irineu Evangelista de Souza, como você muito bem deve saber, deixou um legado importante para a cultura, criou uma biblioteca pública em 1876, uma das primeiras do Rio Grande do Sul. Foi um homem muito culto, li tudo sobre ele, por isso que essas coisas que falo são de minhas pesquisas. A leitura e a educação é algo que era muito valorizado pelo *nosso* Visconde de Mauá. Ele queria que a população fosse culta, como realmente terminou sendo, a cultura só se alcança – disse Dorvalino de Canudos com a leitura. Quem não lê também não escreve. Quem lê pouco escreve pouco e quem lê mal escreve mal; essa a importância da biblioteca de vocês que desempenha papel importante na cidade. Sei que ela oferece uma variedade enorme de livros e recursos para a população local, por isso ela é uma cidade simpática.

O velho riu e Sofia completou:
– Cidade Simpatia, seu Canudos, desculpa esqueci todo seu nome.
– Dorvalino Moreira Ribeiro de Canudos.

Isso, disse ela, e continuou:
– Nossa biblioteca, além de guardiã dos livros, oferece palestras, eventos literários e exposições à comunidade. Mas a propósito, fale-me sobre o tesouro, seu Dorvalino Moreira. Eu posso encontrá-lo?

O velho disse que não havia uma resposta fácil. O tesouro estava escondido em algum lugar ao longo do arroio, ninguém sabia exatamente onde. Ele disse que a única maneira de achar o tesouro era seguir as pistas que foram deixadas por um antigo explorador, que estava guardado na biblioteca.

Sofia e o velho Dorvalino não se falaram mais, porque nesse momento uma voz os chamou; bastou ela olhar para os lados, e ele desapareceu.

Os mitos também morrem

No final do ano de 2022, em um barraco pau a pique, chão de terra cota, bem típico da região fronteiriça dos pampas gaúchos, estavam sentados à beira de um fogão à lenha cinco turistas. Três deles eram alemães: Rudi, com cabelos longos e brinco na orelha direita. O outro, Klaus, estudante de Física Quântica, tinha a tatuagem de um dragão que cuspia fogo pelas ventas no braço esquerdo e usava óculos de lentes fundo de garrafa; o terceiro, o Benno, que falava picas nenhuma de qualquer língua a não ser a germânica e passava o tempo todo no celular, fazendo o *selfie* e traduzindo o que lia pelo aplicativo de seu iPhone. Como que para se certificar de que havia tido tais experiências, imediatamente publicava as fotos nos *feeds* e *stories* do Facebook e do Instagram. Não queria deixar nada fora para si e para os 921 seguidores de prontidão. Registrava até formigas, coisa que os outros dois viajantes achavam muito engraçado, pois diziam que as fotos digitais, mesmo sendo hiper-reais, opunham-se ao romantismo das analógicas, captada por uma câmera Nikon D5600, por exemplo. Criticavam a fugacidade e a aura narcisista das fotos que apresentavam a pobreza de experiências da contemporaneidade...

Rudi, Klaus e Benno também estavam acompanhados no passeio por um jovem casal de franceses, que ficavam mais se abraçando e se beijando do que caminhavam (sim, eles estavam em Lua de mel). A experiente guia Bomani Martinez, contratada por eles, além de falar alemão, espanhol e arranhar um pouco do idioma francês, estava no quinto semestre do curso de Filosofia da PUCRS. Durante o itinerário, o decote do vestido de algodão branco revelava o sincronismo dos seios reluzentes daquele corpo moreno e dispersava a atenção dos rapazes para os dados históricos.

O fogo queimava a lenha de acácia ainda meio verde, que os desinformados alemães pensavam ser de pau-brasil. Leram a história do descobrimento do Brasil, formavam um grupo seleto e interessado, mesmo, na história do Rio Grande do Sul, sua gente e sua etnia. Com a pergunta formulada por um dos alemães, a morena cor de jambo explicou que não, que a madeira de pau-brasil, por ser nativa, era uso proibido, a árvore preservada servia para embelezar as paisagens, fazendo coro aos costumes do povo aguerrido, moradores daquelas terras.

O avô da Bomani, o Prof. Benedito Martinez, que por muitos anos lecionou a cadeira de História na Universidade de Rincão dos Maias, e os avós tinham vindo da África Centro-Ocidental, procedentes de Zimbábue como escravos entregues por mercadores na forma de troca por alguns produtos, teria muita história para contar; segundo ela, o homem morreu no ano passado depois de adquiri a Covid-19. Ele tinha sido um desses índios capturados, que há pouco tempo, antes de morrer é claro, morria de medo de dormir por ter pesadelos profundos. Contava a neta que ele dizia, mesmo dormindo, que escutava o arrastar das correntes pelos galpões das fazendas de cachaça da região de Maquiné, onde habitavam muitos bugres naqueles morros da Serra do Mar.

Bomani parou o que vinha fazendo, olhou para os demais e disse:

— Meus companheiros, para aqueles que estão me entendendo, estou muito triste, me caiu o chão. Neste exato momento fiquei sabendo, através de um colega, que morreu o maior jogador de futebol que o mundo já teve. Morreu Pelé. Um mito tipo os atenienses que já nasciam mitos. Pelé despertou obsessões em garotos pobres e ricos, brancos e pretos. Levou mulheres à loucura, tanto à sexualidade orgíaca quanto a outras mais moderadas. Mas os mitos também morrem, desde o Minotauro até o nosso Pelé.

Em notícia extraordinária as TVs locais anunciavam o falecimento do Rei Pelé como sempre foi conhecido o mineiro de Três Corações Edson Arantes de Nascimento, que tinha nascido em 1940. O Rei foi de uma das etnias representada no Rio Grande do Sul, com praticamente 5,2% de sobreviventes. Um percentual bem diferente das outras raças, como o branco, que representavam na época 84,7%, e os outros 10,4%, de pardos, vinham de uma mistura de raças, uma miscigenação composta de descendentes de negros e brancos.

Um dos alemães, o do celular, aquele que passava fotografando tudo, até formiga, aquele que pouco entendia o que estava acontecendo, em razão da dificuldade para compreender a língua falada, disse:

— Eu estar sem *stimme* com a notícia — como *stimme* em brasileiro?

A Bomani respondeu:

— É sem graça, sem humor, você disse que perdeu o humor com a notícia recebida, imagine nós, que não bebemos nada.

Naquelas alturas o alemão já tinha tomado a sua décima terceira cerveja bem gelada de trincar os dentes — isso que alemão não gosta de cerveja gelada —, ficou de sobressalto, e pelo pouco que entendeu com a ajuda da guia/tradutora do grupo, pediu para que o assunto fosse aprofundado, falando mais lentamente. Quis que explicassem o que foi dito e o que queria dizer "ela ficou sem chão". No vernáculo alemão, não encontrou tradução.

Todos os três pouco sabiam sobre seus ancestrais; sabiam que eram pequenos agricultores de Hallertauem, em 1824 saíram da Alemanha para montar suas barracas na região de São Leopoldo. Naquelas terras que tinham o espaço ideal para o plantio de lúpolo e batatas-inglesas. Inicialmente o tubérculo preferido por eles era a batata, usada para acompanhar pratos típicos como o *Eisbein* (joelho de porco) e o *Sauerkraut* (chucrute), mesmo sendo um prato originário da China. Com o lupo faziam cerveja artesanal; a água do rio que vinha das montanhas era da melhor qualidade, achavam que por ela, no seu percurso, ao fazer as pedras se baterem uma nas outras adquiriam assim a purificação emanada do deus Sabazius[1] e emitia um som parecido com o badalar dos sinos, o que levou atribuírem o nome do córrego de Rio dos Sinos. Muitos diziam que não era por isso nem pela sinuosidade que apresenta; a verdade toda, por receber esse nome, Rio dos Sinos, foi porque os alemães, depois de tanto beber, diziam que escutavam o som de sinos na cabeça ao fazerem sexo. Até hoje existe um questionamento sobre a verdadeira origem do nome e quando ainda o povo é perguntado, todos desconversam e dizem que é somente por causa das pedras que batiam uma com a outra. Como a maioria ainda era adepta da religião de Lutero, não iria aceitar de jeito nenhum que a origem do nome era pela prática sexual dos velhinhos, um tabu pouco falado e comentado nas tradicionais famílias.

Assim que passou o choque pela morte do mito futebolístico, Bomani, nega bonita de lábios carnudos bem delineados, cochas aparentes trabalhadas na academia pela sua *personal trainer* Ana Sarmento, uma holandesa dedicada à arte do corpo. Tomou outro copo d'água e voltou à função de orientar o passeio. Resolveu falar no Rio Grande do Sul, mas antes respondeu ao alemãozinho do celular o que significava "ficar sem chão". Faz parte das gírias regionais – dizia ela – usada para dar a entender que a pessoa tinha fi-

---

[1] Da mitologia grega, deus da cerveja.

cado em choque, pasmo diante de uma determinada situação. Sem *stimme*.

Antes de continuar – comentou ela – como negra e umbandista, filha de Pompa Gira ungida pela mãe Iracema, tenho que esclarecer um dito folclórico que circula pelo nosso interior, que surgiu em 2017, que os despachos que vemos depositados nas encruzilhadas, com galinha, pipoca, cachaça e farinha de trigo tinham como serventia alimentar escravos fugitivos das fazendas, principalmente dos plantadores de cana-de-açúcar, uma espécie de junco introduzida no Brasil lá pelo século XVI, não passa de uma mentira jocosa. Como a umbanda, é originária de Angola. É uma religião com elementos de candomblé, centrada na figura de um deus único chamado de Olorum, sempre foi respeitada e temida pelos Senhores dos Engenhos, principalmente por nela ser reverenciado o Caboclo das Setes Encruzilhadas. Essa história espalhou-se, mas o professor e historiador Luiz Simas, a quem foi atribuída a autoria dessa bobagem, já desmentiu e foi confirmado o inverídico pelo colega, o Prof. Benedito, tanto que Simas há pouco tempo fez severas críticas e publicou mensagem dizendo que esse era mais um texto fantasioso e racista dos nossos dias e que servia para esvaziar o sentido espiritualista do ato sofisticado e cosmogônico.[1]

Retomando as narrativas sobre o Rio Grande do Sul, tema que a Bomani dominava com maestria, mostrou em cartelas de papelão que carregava na bolsa, que usava como uma cola, caso a memória falhasse, coisa que nunca ocorreu. O turismo no RS iniciou com um certo senhor Pereira Antunes, líder dos portugueses há duzentos anos, depois que caravelas ancoraram no Rio da Prata, local onde hoje se situa a Colônia Sacramento, no Uruguai.

– Colônia do Sacramento – disse Bomani – é um sítio que recomendo para ser visitado por vocês em uma outra oportunidade, *of course*.

---

[1] Histórias e mitos que explicam a origem do universo a espiritualidades afro-diaspóricas, termo relativo à imigração forçada de africanos como escravizados.

O alemão que usava óculos com lentes fundo de garrafa, uma tatuagem no braço e calça rasgada no joelho, que parecia ser o mais culto, quis saber se a origem do gaúcho era preferencialmente formada por habitantes misturados de brasileiros e portugueses, o que foi corrigido pela Bomani, dizendo que povos formados por pessoas de origem portuguesa da região de Lusitânia e de brasileiras, são denominados no Brasil como luso-brasileiras e os somente formados por elementos portugueses das Ilhas dos açores, de açorianos. O amigo que tinha uma tatuagem no braço quis saber mais. Quis saber onde se entravam os índios e os negros que ele encontrou pelas ruas, quando chegou no RS. A guia turística continuou: Nosso povo é formado por índios e negros também, que deram origem aos cafuzos; são importantes para nossa etnia, assim como são também os judeus

O casal de franceses, aproveitando a deixa na fala da tradutora, quis que ela discorresse sobre os franceses e como eles ficavam nessa composição de raças no Brasil. Onde ela discordou, mas completou que os hispânicos sim tiveram, diferentemente dos franceses, uma boa parte colaborativa, principalmente exercendo influência na região fronteiriça, e só depois foi que chegaram os alemães e os italianos.

A conversa estava boa, até que o seu Nicolau Moraes, fazendeiro respeitado no Estado gaúcho, sabendo de que estava por ali uma comitiva de visitantes, turistas importantes vindos para estudar a identidade dos indivíduos com base nas suas genealogias, as quais influenciaram na formação cultural do Rio Grande do Sul, conversou com a Bomani, em quem desde o início estava de olho na morena, para que levasse os *gringos* para verem como era uma corrida de cavalo crioulo, descendentes dos puros-sangues Andaluz e Berbere há 450 anos trazidos da Espanha para a América Latina por serem resistentes e de estilo rústico, onde um negrinho magro, filho mais novo do capataz da fazenda iria ser o *jockey*.

Seu Nicolou tinha um amor tão grande por aquele negrinho que uns até achavam que o piá fosse filho dele. O garoto era realmente um pelo-duro com um poder dominador de cavalos e potros; lidava com eles como o domador de feras lida ao entrar nas jaulas. O peso beirava os 48-49 kg. Fazia sucesso no lombo do Alastor, tanto que, uma vez, na carreira dessas de cancha-reta, Manoel Silva, com apelido de M.Silva, depois de ter caído do cavalo e ainda no chão, o pirralho puxou fundo a respiração com a coragem de um índio da etnia guarani, assim daqueles da origem missioneira de Sepé Tiaraju – outro mito do RS –, voltou ao lugar onde nunca deveria ter caído, no lombo do cavalo, e novamente agarrado às rédeas sobre o lombo do Andaluz, como Pelé dominando a bola no campo de futebol, ele apertando as cochas magrinhas na barrigueira fixada à sela. Saiu que nem uma ventania dominando as rédeas e voltou a ultrapassar os demais como um louco desvairado:

– Pois olhem, aquele *sturm* – falou o alemão com brinquinho na orelha direita –, não é fraco, não o *boy*, é *crazy* mesmo.

A guia turística com aquela confusão de palavras, umas em alemão, outras em inglês, quis saber se os demais tinham entendido o que quis dizer o turista alemão. Todos fizeram sinal com a cabeça, para baixo e para cima, confirmando que sim, que tinham entendido; daí ele completou e disse que o Manoelito, chamado o Pelé na redondeza, não era louco não, tinha sido criado sobre cavalo ajudando o pai nas lidas campeiras, assim como fizeram seus avós, antigos colonizadores do Rio Grande. A carreira de cancha-reta, explica ela, foi um divertimento de fim de semana, nos domingos da época que o fogo no fogão aquecia sem risco, mesmo que não se estivesse perto dele. Expressões fortes, recorrendo a Chul Han, expressão que deixou o rapaz de calça rasgada no joelho, impressionado e disse:

– Será que eu poderia repetir a façanha que ele fez?

– Mesmo tendo você um controle mental e pernas longas, com anos de estudo da física quântica na Alemanha, com certeza não irá conseguir nem mesmo montar no animal equino, disse o francês.

O alemão de brinquinho que se esforçava para entender aquela conversa, quando compreendeu, concordou com o francês.

– Não te mete, companheiro – tentando falar no sotaque gauchês –, pois poderás ser chamado e convidado a pegar de mão de Deus e nós termos que voltar para a Alemanha sem tua parceria. Fica na tua.

Dentro daquelas colocações, a negra alta de corpo esbelto, a mais linda que eles já tinham visto, carregava um sorriso nos lábios como o Rei do Futebol carregou sempre, percebeu que o estudante de Física tinha ficado encabulado, resolveu convocá-los para continuarem com o percurso para o qual ela tinha sido contratada, e que de agora adiante não teriam mais tempo de parar.

Entraram no ônibus e o rádio continuava a falar na vida e na carreira do maior jogador de futebol de todos os tempos, chamado de Rei Pelé. Os olhos do motorista estavam lacrimejando. Ele puxa do bolso de hora em hora um lenço branco. Pede desculpa. Liga o ônibus e segue a viagem. A D5600 cai no chão do ônibus e quebra a lente. Choradeira se ouvia; até a Bomani disse:

– A lente da máquina quebrou, e agora?

Cada leitor defina o que aconteceu depois desse maravilhoso passeio pelos locais mais lindos do Rio Grande do Sul.

Príncipes, poesias, amor e traições

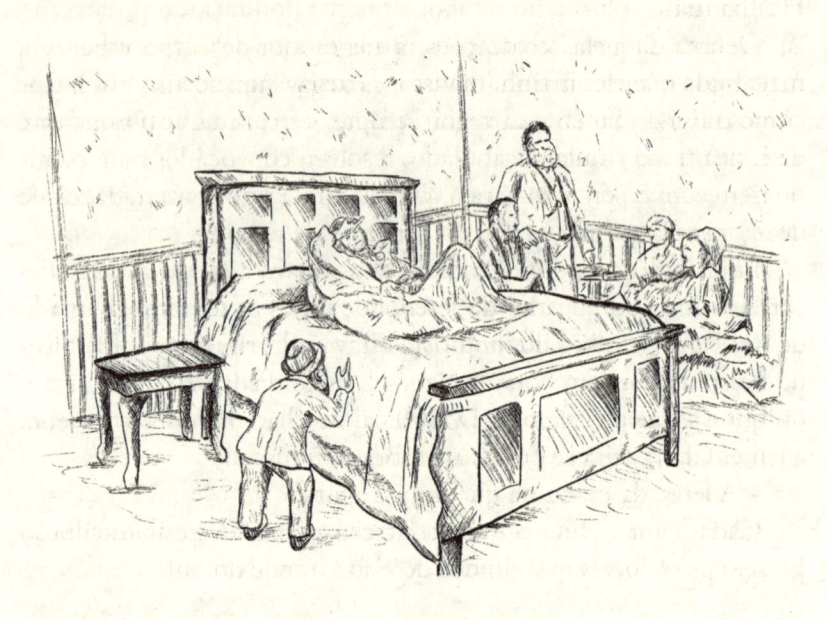

Já faz algum tempo que detesto viajar de avião. Os voos costumam atrasar, as poltronas são altas para o meu porte físico e o serviço de bordo não se compara à época esplendorosa da VARIG, como dizia o meu velho pai. Em um piscar de olhos, cheguei ao meu destino e, quando eu menos esperava, já me encontrava em meio aos turistas de todas as nacionalidades, uma verdadeira Torre de Babel no Museu Metropolitano de Arte de Nova York. Diante do colossal quadro de Ernest Meissonier, que retratava a Batalha de Friedland, ocorrida na Rússia em 1807, sentia-me menor do que já sou... Sim, tenho nanismo. Não sou crítico de arte, como foi minha mãe Iracema Rousado, mas os detalhes dessa obra me fisgaram, pois a semelhança deles com as de Pedro Américo não era mera coincidência. Provavelmente, o artista brasileiro que pintara *Independência ou Morte*, presente no Museu do Ipiranga, incorrera em plágio. Engraçado, essa circunstância só evocou o clima teatral entre reis, príncipes, poesias, amor e traições que perduram até os dias de hoje. Não sei se isso vai mudar.

Como se voltasse no tempo, Roberto Bonifácio, o protagonista que lhes dirige as associações, ainda estava às voltas com os seus fantasmas e, num ímpeto, diante dos turistas que compartilhavam o mesmo idioma, lançou umas indagações para os curiosos que o escutavam atentamente.

— *Vocês já imaginaram se o Brasil não tivesse sido descoberto pelos portugueses?* — *Nunca pensei isso, falou o japonês.* — *E se essa façanha tivesse sido feita pelos italianos, como a nossa pátria se chamaria?* — *Araucária* — *gritou o último turista do grupo.* — *E se fosse pela astúcia dos ingleses* — *perguntou Bonifácio, e ele mesmo respondeu* — *seria Carvalho o nome de nossa terra?*

Curiosamente, as perguntas chegaram aos ouvidos do atento viajante que possuía uma mochila de *jeans* enfeitada com a estampa da bandeira do Brasil e cujos compartimentos estavam entupidos com mapas, *folders* e com o livro de Laurentino Gomes, *1822 — Como um homem sábio, uma princesa triste e um escocês louco por dinheiro ajudaram D. Pedro a criar o Brasil, um país que tinha tudo para dar errado*. Era a pessoa certa para conversar com Roberto Bonifácio. Entretidos, Roberto e Benjamin, em tom de brincadeira, trouxeram hipóteses mirabolantes acerca do descobrimento do Brasil por outras nacionalidades e os seus possíveis desdobramentos... E, rapidamente, pularam quatro anos e caíram justamente em 1826. A conversa privada desses entusiastas se tornou pública. Roberto, empolgado, falou para quem quisesse escutar:

— *Não pensem que Dona Maria, em 1826, era tão bela e aclamada quanto os artistas bajuladores da coroa a pintavam. Não, nada disso. Dona Cocota* — *como era chamada pelos serviçais da corte* — *conhecera o marido com um pouco mais de 10 anos. Nem teve a chance de aproveitar a vida! Dom João, com sua enorme pança, dormia pelos cantos do palácio, e isso abria precedentes para que Dona Maria se divertisse com inúmeros amantes. Mesmo volúvel e sedutora, ela sabia que teria o primeiro filho com Dom João.*

Mais tarde, o primogênito Pedro I veio ao mundo. Nascera cabeludo e com os olhos grandes, tanto que o apelidaram de Zoiudo do Palácio. Ele era muito peralta e dominava todos ao seu redor com as suas manhas.

Roberto Bonifácio tomou fôlego e percebeu que a sua audiência era grande.

— *Por Dom João ter praticado a desmedida de ter casado com uma menina que se tornou precocemente rainha, o indignado guardião da moral, o cigano Bóris Well, rogou uma maldição sobre o menino. Ele e a sua linhagem nunca haveriam de assumir o trono na terra onde o galo preto canta ao luar. Os navegadores, mais tarde, chamavam esse lugar de Terra do Galo. E das crendices populares derivaram vários símbolos, dentre eles o amuleto do galo altivo e feroz.* — Continuou.

Assustado com os possíveis infortúnios que poderiam recair sobre ele e os seus descendentes, Dom João, para dissipar a magia do bisbilhoteiro cigano, mandou que os melhores artesãos fizessem vários amuletos com a figura do galo preto. Para prevenir qualquer tragédia, espalhou por toda a corte e para o povo os amuletos benzidos pelo Padre Joaquim Pintassilgo. Todos passaram a acreditar que o uso do talismã afastaria os males e atrairia, por conseguinte, a virtude e a abastança. Depois da iniciativa de proteger o séquito e a força de trabalho que movia a economia, Dom João, em companhia do filho que se desenvolvia visivelmente bem, pôde recrutar uma tripulação para viajar em busca de mais suprimentos em uma das cidades perto do porto. Queria saciar os apetites da esposa com bacalhau e vinhos nobres. O afamado timoneiro Thomas Cocheiro os conduziria com segurança pelos mares...

Eis que, depois de sete noites e sete dias, um vendaval se formou abruptamente e fez com que desviassem da rota e aportassem nas praias de areia branca como farinha. O que desfilava diante dos olhos atônitos daqueles homens era a Terra do Pau Vermelho, ou melhor, a Terra das Árvores de Madeira Vermelha.

A força das ondas não agitou os ânimos de Pedrinho, que dormira a maior parte do tempo. O adolescente nem se deu conta de que estavam perdidos. Só sabia que o pai tinha como propósito, depois de encontrar a guarnição que procurava, de passar umas férias em um sítio na Terra Afro-Sul. Ao desembarcarem, ficaram boquiabertos com a hospitalidade daquela tribo. A estética totalmente avessa a tudo que conheciam — colares, penas na cabeça, corpos desnudos e pintados com uma espessa tinta, fascinou os homens sedentos por aventuras. Pedro percebeu que, definitivamente, não estava em presença dos moradores do Sítio de Dom João... Aquelas mulheres com uma cor de fim da tarde, seios grandes e caídos, deu a ignição para que os hormônios do jovem ficassem em polvorosa. Em instantes, sem conseguir refrear o ímpeto que o invadia, converteu-se em um tarado. Desinibido e diplomático, valeu-se do escambo para ter gratificações sexuais à revelia. Pedro tornou-se famoso pelo apetite sexual anormal e, com o passar dos anos, criaram em sua homenagem o Carnaval, festividade que permitia que todos dessem vazão aos desejos que ocultavam em suas vidas comezinhas. Protegidas pela corte, as pessoas podiam andar nuas e não seriam alvo de nenhuma represália ou de qualquer censura do clero. Uma bela forma de celebrar a vida e driblar o controle sobre os corpos...

Em pouco tempo, o círculo em torno de Roberto Bonifácio aumentara. Muitos o tomaram com um dos guias do museu e o escutavam atentamente. Mesmo cansado, Roberto, notando a repercussão do que dizia, deu seguimento às hipotéticas histórias que se produziam em seu interior. À maneira do *Homem que sabia javanês*, de Lima Barreto, Roberto cativava a todos com devaneios. Ele não tinha noção do que provocava e até onde aquilo se sustentaria. Estar em outro país lhe dava a liberdade de criar uma sátira acerca do descobrimento do Brasil. Ninguém o contestaria, em princípio, porque não lhe davam crédito. Ele era como o bufão que entretinha quem quisesse se deixar ludibriar. Um às da ficção. E, para gerar um suspense, sempre olhando para cima, para engajar o pessoal.

– Mas o que aconteceu com o Pedrinho? – Trouxe à tona Roberto – Ele se deparou com uma mulher feita da mesma matéria de Lilith e de Adão, a poeira. Por terem uma mesma origem, não copulavam. Como se Pedro fosse uma edição atualizada de Adão, arranjou para si uma mulher forte, determinada, insubordinada e que estudou no estrangeiro, Maria Leopoldina. À parte: Leo – assim a chamavam – foi uma menina estudiosa, filha de um grande latifundiário. Conversava muito com filósofos e com músicos, e isso a abasteceu com uma cultura que extrapolava os modelos de educação da maioria das austríacas de sua idade e classe social. Ademais, era filha de Chico Zeca, que mais tarde veio a ser o imperador mais audacioso da região. A sua filha mais velha casou-se com o General Napol de Bona, e foram felizes para sempre! No entanto, com Leo a história foi bem diferente. Zeca teve de levá-la para a Terra do Galo e, com um acordo aqui e acolá, arranjou um casamento lucrativo para não ter o fardo de cuidar da filha rebelde. Em poucos dias, ela se tornou a esposa dondoca de um dos filhos do apelidado Clemente e da Dona Cocota. Parece que a vida a dois foi repleta de sofrimentos. O testicocéfalo marido só se metia em orgias. Os frequentes encontros às escuras do já Dom Pedro I com a amante predileta, Domitila, ocorriam na Terra das Árvores Vermelhas. Leo não havia planejado para si algo tão nefasto. Aos poucos, pela chateação, foi se debilitando e perdendo o viço, mas ainda conservava o sonho de trazer ao mundo um filho que se chamaria Pedro II.

Um ano antes de morrer, no dia 11 de dezembro de 1826, pediu para a amiga e confidente a marquesa de Aguiar, que endereçasse uma carta à irmã, Maria Luiza Napol de Bona. O conteúdo do envelope revelava que, se não fosse por ela, a independência do Brasil não teria acontecido, pois, segundo o que segredara à marquesa, no dia 7 de setembro de 1822, Pedro – para os íntimos –, desde que regressara de São Paulo em companhia de Domitila, encontrava-se acometido por uma violenta indisposição intestinal, e não estava em condições de sair de casa. Sabendo de tudo o que acontecera, Leo não se compadeceu nem perdoou as transgressões do marido. Retomou a faceta enérgica que estava ofuscada pela tristeza e, como se incorpo-

rasse Lilith, forçou o flatulento marido a sair da latrina e a reunir os soldados.
– Pedro. Pare com isso! Deixe de ser um fraco! *Saia dessa podridão e mostre para o meu sogro a sua virilidade.* – Parece que foi isso que ela disse chamando os brios de Pedro – Siga *as orientações de meu pai Chico. Você sabe muito bem que, por muito tempo, Portugal explorou a Áustria e, depois, os portugueses saíram de lá e nunca mais voltaram.*

Os ouvintes riram da imitação do Roberto, que se empolgou ainda mais, e arrematou: *Duzentos anos se passaram... Guerras, lutas internas e revoluções preencheram as páginas da história do mundo. A Terra das Árvores da Madeira Vermelha* – alusão ao pau-brasil – *se transformou em Brasil. Mas, volto a indagar: e se o Brasil tivesse sido descoberto por outro país que não Portugal, como seria? Os supostos colonizadores cultivariam o interesse pelo pau-brasil, cuja madeira avermelhada como a brasa deu origem à palavra Brasil, escrita com a letra "s" e com "z" no exterior?*

Roberto manteve o olhar inquiridor aos que o rodeavam. O tempo no Museu Metropolitano de Arte de Nova York havia sido usado para dar voz às suas fantasias. Concordou que o Brasil poderia ter sido descoberto pelos italianos, pelos ingleses, mas invariavelmente foi pelos portugueses, e nada mudaria com as suas hipóteses. Afirmou que a Independência só ocorrera a partir do envolvimento dos austríacos, que quitaram a dívida contraída pelo Brasil com Portugal... Nesse emaranhado de tratativas entre reis e imperadores, se não fosse pela bondade de Francisco José Carlos, pai de Maria Leopoldina, sexta filha do então Imperador, entre os anos de 1804 e 1835, o Brasil descoberto pelos portugueses não teria existido, como cantam os versos que sopram os ventos que duram até hoje:

Quem foram os primeiros? Índios
Qual a cor da pele do povo? Preta
Há outros além dos teus netos? Mestiços
Destes, de novo, és amado? Mulatos

Ao Diabo ofertaste os novatos
Ao Diabo, a gente do curral,
Os sem fundo social,
Índios, pretos, mestiços e mulatos...
Responda-nos, Rei!
Quanto custa o que teu pai nos tira e amassa?
E as leis do homem sem graça?
Ingrata, velhaca, astuta.
Amadureça e lamente!
Frades mancos nos beirais da hipocrisia? Freiras
Encimadas nos púlpitos dos templos? Sermões
Ocupam-se em suas lutas? Putas
Fazendo como se fosse o bufão cantador,
Divertem.

A namorada que era noiva

Há acontecimentos que marcam a vida das pessoas. Laurindo Buarque das Neves, um jovem carismático com pouco mais de vinte e cinco anos, estava noivo e, quando se preparava para consumar o casamento com Rosinha, viu-se acometido por uma doença que viria a derrubá-lo. Com a triste notícia, os planos armados a dois desmoronavam aos poucos. Tomado por desespero, Laurindo rezava todas as noites e pedia aos anjos que não o buscassem antes do matrimônio. Ele amava a sua Rosinha, mas não conseguia ter forças para domar o mal que sorrateiramente devorava seus ossos. Por mais que se esforçasse, não tinha vitalidade suficiente para cobrir de mimos e dar a devida atenção à noiva. Aparentemente, Rosinha entendia a situação e parecia resignada com tudo que se sucedia entre eles. Tal atmosfera de empatia atenuava em Laurindo a ânsia de corresponder ao ideal que esperava ser para Rosinha...

Eis aí o drama que acomete esses personagens. Diante disso, surge a indagação: você acredita em alma vinda de outro mundo ou em espíritos que vagueiam entre nós? Independente da crença ou da resposta que o leitor possa ter, eu antecipo que, no papel de narrador, sempre fui muito cético e que até me deparar com essa história que me coube narrar não acreditava em nada. Sim, no percurso da escrita, mudei de opinião e posso afirmar que seres imateriais existem mesmo.

Um tempo depois, tais palavras não saíam mais da minha boca, mas sim da de Weberson Daskalakis, filho de Dorival Teixeira Daskalakis, um forte fazendeiro, oriundo da ilha de Creta, que multiplicou suas riquezas na fronteira do Brasil com a Argentina. Dorival elegeu o nome do filho com um propósito, o de ser a luz na vida de alguém.

Foi assim que, em dezembro de 1948, véspera do Natal, Weberson, economista especializado na área de mercado de capitais, voltou ao Brasil depois de trabalhar durante dois anos em uma das maiores empresas de capital aberto do mundo, a DF Jorgan Chase & Co, em Nova York. O jovem não teve nem tempo de planejar corretamente as férias, pois, ao chegar, foi logo contratado para um cargo no Banco Nacional do Brasil.

Lá, conheceu Rosinha. A atração foi mútua. Iniciaram um namoro, apesar de ela ser noiva. Todos se impressionavam quando o rapaz dizia que a namorada dele era noiva de outro. E para driblar os julgamentos dos moralistas de prontidão, argumentava, depois de uma longa pausa nas conversas, o seguinte:

— Quero deixar bem claro que o noivo da minha namorada estava internado em um hospital do SUS. Infelizmente, ele portava uma doença muito grave. Não, eu não o conheço. E lido bem com isso.

Na verdade, dividir a vida com dois homens da mesma idade e circunstâncias bem diferentes exigia de Rosinha muita disposição e habilidade. Como um pêndulo, ela oscilava entre as paixões vindas de Laurindo e de Weberson. Rosinha não se intimidava com a violência dos preconceitos. Por ser madura, sabia como se conduzir e ser discreta. Além disso, ninguém influenciaria suas decisões. Sabia transitar bem no teatro social. De acordo com seus valores, não interpretava a situação em que estava metida como traição. Era, enfim, um ato de sobrevivência.

Rosinha visitava o noivo no hospital aos sábados e, depois, ia para o apartamento de Weberson, que não era nem um pouco ciumento. Os dois se compraziam nesse envolvimento livre de obrigações e rigores.

No único dia da semana que a noiva não foi vê-lo, Laurindo faleceu. Não se sabe se foi por saudades ou pelo agravamento da condição em que se encontrava, com relação a ausência da pessoa amada ou simplesmente porque precisava que o deixassem descansar... O jovem foi enterrado no Cemitério da Santa Casa.

Weberson acompanhou Rosinha no velório. Sabia que era o momento de dar um apoio sentimental à namorada. Ao chegarem, como já suspeitavam, os olhares acusatórios recaíram sobre eles, Muitos já haviam percebido o *élan* secreto dos dois. Em meio àquele clima tenso, na presença de todos os inquisidores que a condenavam em silêncio, Rosinha teve uma atitude linda: com o rosto pálido, sem maquiagem e coberto por lágrimas, um vestido preto abaixo dos joelhos, chegou de forma suave ao lado do caixão e, em sinal de respeito e devoção, tirou calmamente a aliança de ouro da mão direita e a colocou junto ao corpo do finado, dizendo-lhe baixinho ao ouvido:

– Sempre te amei.

***

No dia seguinte ao sepultamento, Rosinha, ainda triste com o momento fatídico que marcou o fim do noivado, convidou o namorado para uma conversa na padaria do Antenor, que ficava a duas quadras do banco. Comentou que gostaria que seguissem tal qual vinham fazendo, pois o sentido do amor poderia ser mais ardente. Weberson aceitou.

Mais tarde, como se estivesse sendo vigiado, mencionava aos colegas de trabalho que passara a ouvir passos ora ao lado, ora atrás de si. Quando estava sozinho, parecia sentir a presença de algo que não conseguia nomear ou explicar. Em um dos encontros com Rosinha, notou sobre ela um vulto. Aquilo o assustou. Alguém estaria seguindo-o, querendo ser o que nunca foi? E, aos prantos, percebendo que tudo tem consequências, gritou:

– Espírito sofredor, o que queres? Volte ao teu mundo!

Mas o triângulo amoroso nunca se desfez.

Dom Quixote e dom... Quem?

Em 1582, no centro da Espanha, em uma região de pastoreio de Castilla, nasceu Alonso Quijano, filho de Afonso Quijano, lindeiro de um rico lavrador da província de Albacete, que, por sinal, não possuía o título de nobreza dos Quijanos. D. Afonso criou os filhos com todas as regalias que a fidalguia castelhana recomendava aos abastados espanhóis. Alonso Quijano cresceu e se apaixonou pela narração dos padres Jesuítas em torno dos grandes romances sobre a cavalaria e as cruzadas. Em função disso e de uma curiosidade extraordinária, virou um leitor voraz. Todos os autores pertencentes aos movimentos renascentistas, assim como outras figuras importantes do Cristianismo, foram assimilados por ele. Foi nesse emaranhado de aventuras, em que os personagens viviam intensidades jamais experimentadas naquele cotidiano frugal, que Alonso enlouqueceu. O controle de sua realidade passou a se dar por heróis e vilões imaginários. A influência que exerciam sobre esse homem acabou por transformá-lo em Dom Quixote. Essa nova identidade expulsou o pouco que sobrara de Alonso Quijano de suas entranhas.

Entregue ao desvario, o agora destemido Quixote, que sempre fora magrelo e alto, veio a conhecer um indivíduo totalmente diferente dele. A afeição entre os dois lhes rendeu muitas histórias. O robusto amigo, de estatura baixa, recebeu o apelido de Sancho Pança. Sim, cada um montado em seu cavalo de pau, brincava a seu bel-prazer. A vida fluía e refluía em sofisticados devaneios. Dom Quixote criou para si uma cavalaria e, para intimidar os supostos adversários, carregava uma lança de taquara. Paramentou-se conforme as descrições apreendidas nos romances e nas novelas que lhe povoavam a imaginação. Imitava os trejeitos e toda a mímica de quem admirava nas ficções. Essa dupla não sabia que seria eternizada pela pena de Cervantes. Como eles foram parar na mente desse escritor?

Encimado em seu pangaré doente e esquálido, o Rocinante, Quixote era o diretor e o protagonista de tramas que incluíam o seu fiel escudeiro, Sancho. Rumavam para arranjar inúmeras confusões. As invencionices do megalomaníaco camponês deram partida a um fascinante universo. Vestido com a armadura feita com latas velhas, Dom Quixote, em êxtase e movido pelo amor destinado à Dulcineia – filha dos Tobasco –, atacou os moinhos de vento como se fossem criaturas colossais e ferinas. Esse episódio condensa a verdadeira essência da loucura. A ilusão pelo amor não correspondido fez do cavaleiro um defensor da boa guerra. Vou esmiuçar o que aconteceu: enquanto os dois avançavam, descobriram que o exército de moinhos de vento era composto por trinta a quarenta oponentes. Quixote, ao testemunhar a brutal desigualdade de artilharia, tremeu sobre seu minguado cavalo, mas, em frenesi, comentou:
– Amigo, a luta será melhor do que desejávamos! Recomponha-se e veja com os próprios olhos os gigantes que ali nos espreitam e incitam a nossa fúria. É com eles que a batalha se processará e será daí que lograremos a fama e a riqueza que tanto ansiamos. Eis a boa guerra, Sancho! Eis a boa guerra!

– Quais gigantes? – disse o interlocutor, aturdido.
– Aqueles que ali nos lançam provocações! – respondeu o castelhano magrinho, esticando os longos braços em direção ao que alucinava.
– Não são gigantes, são moinhos de vento... O que entendes por braços – meu nobre – são velas cujo vento movimenta as mós. Apenas isso.

Dom Quixote, imerso em dimensões em que as palavras de Sancho eram balbucios inúteis, não compreendeu a profundidade de tais observações e, mais hostil, interpretou-as como sinal de fraqueza e de medo por parte do escudeiro. A postura inabalável de Sancho foi o acicate para que Dom Quixote esporasse com vigor as ancas do pangaré, que relinchou e galopou velozmente até os moinhos quimeras de vento, deixando atrás de si um rastro de pó e desolação... Em sua triunfal disputa com algo que só existia em seu interior e que fora projetado de forma maligna para o exterior, escutou-se do herói às avessas a seguinte recomendação, que logo se eclipsou pelo bramir da lança: Eu perdoo a tua covardia e só te rogo que digas à Dulcineia que o amor fez de mim o maior guerreiro que já pisou sobre a Terra.

Ao longe, conformado por ter tentado avivar as últimas brasas de lucidez do companheiro, Sancho Pança seria o mensageiro da declaração do amigo cujos miolos se encontravam em pandarecos e, enquanto a poeira se dissipava e ele se preparava para voltar para casa, flagrou um misterioso cavaleiro, com ares apolíneos, apreciando os graciosos movimentos do herói que desmantelava os gigantes que habitavam seu cérebro. Sancho, como se estivesse contagiado pelo mesmo delírio que danificara a razão do cavaleiro da triste figura, rapidamente percebeu que esse homem estava trajado como Dom Quixote, mas seu porte físico e o cavalo eram belos, fortes e rodeados por uma aura dourada... Sancho decidiu se beliscar em vista de constatar se estava ou não sonhando... Quando sentiu a dor, já era tarde, e o que lhe veio à cabeça foi: será que a história vai se repetir?

Uma mulher no sítio da Guajuvira
Rogério, o contador de histórias[1]

As histórias que Rogério contava sobre a mulher de branco da Coxilha de Pedra Alta eram compartilhadas por Florêncio como se fossem suas. Ele se apropriara dessas narrativas fantásticas e as disseminava aos amigos uruguaios com tantos detalhes que ninguém suspeitava que tais vivências pudessem ser de outra pessoa. Por serem companheiros inseparáveis, pareciam, como se diz na literatura, *alter egos* ou *doppelgängers* (duplos). Florêncio, sempre muito

---

[1] Nota do autor: *alguns trechos deste conto foram originalmente transmitidos nos programas das Rádios Cotrisel e Pulquéria FM, no programa "São Sepé, sua história e sua gente", de 20 de setembro de 2009 a 14 de junho de 2017.*

carismático e bonachão, fazia repetidos convites para que Rogério fosse passar um mês em sua fazenda em Durazno, mas o amigo o frustrava, deixando aquela pontinha de esperança de que logo se reencontrariam com a frequência de antes.

Na última visita que o uruguaio fizera ao homem das melhores histórias, um dos jornalistas da coluna do *Montevideo News* participou do encontro. A ideia era a de apresentar aos leitores do periódico o palco em que todas as cenas aterrorizantes da região se armavam. A esquina da Praça da Hidráulica levava o apelido de *o escritório*, e era lá que as reuniões aconteciam. Cada participante trazia, à sua maneira, episódios e retalhos de eventos que, às vezes, beiravam o sobrenatural. Desde então, inúmeras crônicas foram publicadas no semanário local *A Voz da Cidade News*. Algumas delas estão na boca do povo até hoje...

Assim, os dois homens, confidentes um do outro e vestidos rigorosamente iguais – botas, bombachas e alpargatas –, rumavam até a Coxilha das Pedras. Na estrada de chão batido, entregavam-se às *charlas* e sorviam o mate e o chimarrão. Passaram por lugares abandonados, casas com janelas e portas abertas, pontes caindo aos pedaços e árvores que se movimentavam como em um filme de terror, predizendo algum mau augúrio. Sem motivo aparente, àquela altura, já ao entardecer, tudo parecia se transfigurar em tons nefastos. Florêncio aos poucos começou a avistar no alto da coxilha a morada do amigo que os ciceronearia. Rogério logo notou que havia algo diferente na propriedade: as luzes, que sempre ficavam acesas, naquela sexta-feira estavam totalmente apagadas. Tal percepção aumentou o grau de tensão que pairava entre eles. Agora mais vigilantes, intuíam que algo horrendo poderia ter se processado por ali. Tanto um quanto o outro tentavam impedir que o medo os paralisasse.

– Meu camarada – comentou Rogério –, lembra do governador com o qual você conviveu em Durazno na década de 60? Caso você não seja um *cabra* forte como ele, recomendo que desista de irmos adiante, pois poderemos presenciar fatos arrepiantes – concluiu.

Acostumado com o que rompe com a lógica do cotidiano, Rogério fez questão de alertar o visitante *hermano*, já que, em outras situações, tivera o desprazer de testemunhar muitos vaidosos que se intitulavam videntes e que se diziam acostumados com os fenômenos paranormais se borrarem nas calças até entupirem o cano das botas... Não queria que tal infortúnio acontecesse com Florêncio.

Nisso, o seu interlocutor acabou por revelar um gosto muito peculiar que cultivava pelos livros kardecistas oriundos da Federação Espírita Uruguaia. Respaldado pelos estudos das Ciências Humanas, quase participou da fundação do Centro Espírita *Hacia la Verdad*. Lembrou, silenciosamente, que o seu batismo de fogo na doutrina espírita se deu através do testemunho dos efeitos físicos – batidas, movimentos de objetos, golfadas de ar, etc. – que comprovavam a comunicação dos desencarnados com os mortais. Desde a época de Kardec, tais manifestações serviam para chamar a atenção ao mundo espiritual. Para os espíritas, a morte é apenas continuidade de uma longa jornada de aprendizado. Graças a esse conhecimento e, claro, sua sensibilidade aguçada, desenvolveu por conta própria a mediunidade. Nas madrugadas em que perdia o sono, estudava muito sobre a fenomenologia do ser, tema de inúmeras palestras do professor italiano[1] descobridor do campo semântico[2], *Em Si* ôntico[3] e do monitor de deflexão[4], descobertas essenciais

---

[1] Ontopsicologia. Uma introdução a como o ser humano funciona segundo a Projeto de Natureza. MENEGUETTI, A. ed. Recanto Maestro: Ontopsicologia Editora Universitária, 2023.p. 11-13.

[2] Ontopsicologia. Uma introdução a como o ser humano funciona segundo a Projeto de Natureza. MENEGUETTI, A. ed. Recanto Maestro: Ontopsicologia Editora Universitária, 2023 p. 113-120.

[3] Ontopsicologia. Uma introdução a como o ser humano funciona segundo a Projeto de Natureza. MENEGUETTI, A. ed. Recanto Maestro: Ontopsicologia Editora Universitária, 2023 p. 121-142.

[4] Ontopsicologia. Uma introdução a como o ser humano funciona segundo a Projeto de Natureza. MENEGUETTI, A. ed. Recanto Maestro: Ontopsicologia Editora Universitária, 2023 p. 143-158.

para a práxis da Ontopsicologia[1]. Tais conceitos erigem, dentre outras questões possíveis, a seguinte premissa: quando se conhecem as causas que movimentam os efeitos isolados e distintos, é possível, neste caso, intervir, variando os vetores e obtendo outros efeitos. Logo, Florêncio se achava bem respaldado tanto por um estudo como pelo outro para seguir em frente.

Rogério deixou de se preocupar com qualquer contratempo depois de descobrir essa faceta do forasteiro uruguaio. Por algum motivo, diante do clima que os mantinha ligados ao fato que ainda estariam por presenciar, o assunto da Mulher de Branco veio à tona.

Uma lembrança esbarrava na outra, até que Florêncio evocou a circunstância em que um conhecido, que veio do Rio Grande do Norte, tentara se comunicar com a Mulher de Branco por intermédio de orações e de dons especiais. Ele não era um Druida nem pagão, porém acreditava que com tais artifícios iria convencer a entidade a deixar a Coxilha das Pedras. Florêncio, meio a sério, meio de brincadeira, falou ao amigo:

— Se ela ainda estiver por lá, gostaria de ter um *tête-à-tête* com ela. Seria interessante sondar as ambições que a animam e escutar as mensagens que ela poderia transmitir, pois, a meu ver, o ser de outro mundo quer que você se torne o depositário de verdades evidentes sobre a passagem dela pelo mundo.

Como que ocupado com outra pendenga, Rogério continuou firme em direção ao carro todo empoeirado, graças às estradas malcuidadas pela equipe do prefeito Lourenço Tavares, eleito por ser um médico respeitado na cidade. Ele e Rogério não eram do mesmo partido político, e tais diferenças geravam atritos e protestos.

— Florêncio, se o Dr. Tavares fosse do nosso partido, as estradas não estariam em estados tão deploráveis. Daí, sim, eu e a minha família moraríamos na casa-velha do Sítio da Guajuvira.

---

[1] Ontopsicologia. Uma introdução a como o ser humano funciona segundo a Projeto de Natureza. MENEGUETTI, A. ed. Recanto Maestro: Ontopsicologia Editora Universitária, 2023 p. 41-50.

Florêncio consentiu e permaneceu calado. Apenas ouvia os comentários bem pausados que o amigo fazia. Para cada casa, cada escola ou mesmo cada boteco, ele tinha uma longa história cheia de atrativos pitorescos para contar. Pela nitidez dos detalhes, as suas palavras pareciam formar pinturas na imaginação.

– Nesta casa aí, à tua direita, morou o tio da Nêga Ricarda. Na do lado, toda verde, foi onde se deram as primeiras reuniões para a formação do Grupo dos Onze, que reivindicava escolas com tempo integral para as crianças. Ideias esquerdistas, não sei, mas era como diziam os contrários...

– Você conheceu o Doutor Leonel Brizola?

– Muito, Rogério falou com orgulho. Foi na Ponte dos Fragas que passamos há pouco que ele me disse da existência de uma mina na Coxilha das Pedras. Veja a visão do homem, não era uma mina de ouro nem de calcário. Só mais tarde entendi o que o Dr. Leonel estava de fato querendo anunciar. Vamos fazer naquelas terras uma grande plantação de oliveiras das variedades Koroneki e Arbequina. Era essa a mina de que o Caudilho falava.

No percurso, passaram por alguns banhistas que saíam do rio. Com calções ainda molhados, camisetas Hering rasgadas pelos espinhos dos Maricás e cabelos lambidos pelo barro que descia água abaixo, eles pararam, reconheceram o motorista e avisaram:

– Boa noite, seu Rogério. Cuidado que a Mulher de vestido branco tem aparecido com frequência no alto da Coxilha das Pedras.

Em meio a isso, outro marmanjo, querendo se mostrar íntimo, arrematou:

– Rogério, fique atento, pois a belezura da noite tem ficado horas e horas sentada ao pé da guajuvira-branca. Pelo que as pessoas falam e pelo tamanho que ela está, mais de 12 metros, vais ter que derrubar aquela árvore centenária, terminando com o paradeiro dela.

Sem que percebessem a passagem do tempo, chegaram à porteira construída pelo avô do Rogério ainda no século passado.

Com todo o cuidado para não pisar em uma cascavel e, depois, colocar a culpa na aparição, Florêncio desceu para abri-la. Ao se aproximarem da velha fazenda, as luzes, como se um ilusionista quisesse impressionar o público com suas habilidades exóticas, acenderam-se em sequência.

A lua se envaidecia diante das estrelas e, com o brilho prateado, alcançava o horizonte que lambia de brisas o açude, que servia de curral para os poucos bois que procuravam abrigo antes do último raio de luz que dourava a sua existência limitada. Florêncio, à maneira de um guri curioso que almeja descobrir a mecânica do mundo, olhava tudo ao redor com espanto e deleite.

O vento, que antes se mostrava suave e dócil, agora provocava arrepios e medo nos dois. Com ímpeto, as janelas e portas batiam. Os ruídos adquiriram ritmos que aludiam a códigos. Será que estavam enlouquecendo? Toda e qualquer manifestação parecia ser apreendida como uma comunicação rudimentar dos espíritos. Que idioma era esse? Como decifrá-lo? Através das batidas e dos movimentos dos objetos, algo se pronunciava e atestava a sua presença. Mas o quê? Sem qualquer explicação, as mesas começaram a se arrastar pela sala que se deixava ver pela porta entreaberta. Seria um pesadelo? Kardec estava certo. Os dois olhavam para aquele desfile de absurdos e não emitiam palavras. Estavam tomados por uma força que os colocava como plateia do insólito. Estavam prontos para receber a Mulher de Branco. Materializada diante deles, ela confiou ao Rogério a razão de vagar por ali há tanto tempo: queria ver além da ilusão. De repente, o espelho de cristal que pertencera à avó de Rogério se espatifara no chão... Sim, perdera a função de refletir a luz e devolver as imagens aos objetos e às pessoas... Os estilhaços se ergueram do chão e, suspensos no ar por pura magia, anunciavam que histórias magníficas acerca do Sítio da Guajuvira-branca seriam contadas, caso eles sobrevivessem aos inexplicáveis espetáculos orquestrados por aquela alma inquieta.

Depois da turbulência, voltaram a uma realidade comum a todos os humanos. Florêncio, ainda assimilando o que vivera, garantiu ao Rogério que ela não apareceria mais. Não sabia como, porém seu afã já se consumara. O portal que a ligava à nossa dimensão era o espelho que, agora, jazia em pedaços e que, durante muitos séculos, convertia o feio em belo. Esse instrumento enganador transformava em mulher bonita e sedutora um espírito zombeteiro. A ilusão da própria visão é o mais difícil de repudiar.

No reflexo, a mulher que ali se fitava era sempre outra disfarçada como o epítome da beleza. Ela se enxergava como gostaria de ser e não como realmente era. Para encontrar a própria imagem, a Mulher de Branco destruiu o espelho, sua maldição e glória. Assim, teve a chance derradeira de saber quem era. Outro espelho acabaria por decepcioná-la. Não haveria dúvidas. Ela queria que o seu eu nascesse a partir daquele espelho, no entanto, para o seu desconsolo, sempre encontrava a demarcação tênue entre a sua verdadeira essência e a que idealizava. Presa nesse castigo de não ter em si uma forma que a representasse, decidiu, ao quebrar o espelho, acabar com tudo e morrer pela segunda vez.

— Rogério, você já se olhou no espelho?

— Vou quebrar aquele que tenho na cidade. Toda vez que passo e olho para ele, sou enganado.

Saíram mudos do Sítio da Guajuvira.

Na cidade, iriam tomar rumos opostos.

— Não vá, castelhano. Tenho que contar a história da porteira com os mourões eternizados por cada marca feita a ferro. Era como se os mourões fossem bois...

— Tenho interesse, sim, mas me conte em Durazno. Agora tenho que ver a mulher de branco que me levou para o hotel e ler a coluna Fogo&Pimenta na *A Voz da Cidade* News.

O muro

Um relógio bateu meio-dia. Lucien levantou-se. A metamorfose estava consumada: naquele café, uma hora antes, havia entrado um adolescente gracioso e indeciso; agora, quem de lá saía era um homem.[1]

Jean-Paul Sartre

Depois de morar na Babilônia, ao leste do rio Eufrates, o advogado e agora pastor da Igreja Universal do Reino de Deus (IURD) Nicolas Bossoroca Aires decidiu regressar à cidade natal. A morte da

---
[1] A infância de um chefe.

mãe foi um dos motivos que o trouxe de volta. Infelizmente, chegou tarde ao funeral, mas aproveitaria a ocasião para rever os amigos de infância, que não sabia mais de fato quem eram. Carregava um mapa, um quadro e a Bíblia. O primeiro, para se localizar; o segundo, a imagem-amuleto de seu orientador espiritual e o terceiro item, já todo ensebado pelo uso, o incentivo para seguir seus estudos. Já havia lido o Evangelho de Marcos e o de João inúmeras vezes...

Quando chegou, estafado pelos dias de viagem, antes mesmo de descer do ônibus, reconheceu a casa que um dia fora amarela, situada na rua de que lhe escapava o nome. Foi a primeira coisa que avistou e o fez sentir realmente em um território tão distante em suas lembranças. Os lugares continuavam parecidos desde a sua partida, pensou. As moradias, o colégio e a praça com a monumental torre, suportando um grande reservatório d'água... Tudo conservava uma estranha semelhança ao registro que possuía. Em Nicolas se esboçava algo que poderia ser entendido como saudades.

Parado à sombra do cinamomo que ele mesmo plantara, comparava a textura do tronco, cheio de cicatrizes originadas pelos cabrestos e pelas cordas de amarrar os cavalos, à sua interioridade, endurecida pelos acontecimentos que o marcaram. Ao passar novamente os dedos pelas fissuras apodrecidas da árvore, teve a sensação de que a morte estava próxima. Ao tentar repelir a impressão que o desassossegou, viu uma anciã juntando galhos. Tal cena o levou à dimensão inexistente da antiga casa de madeira da família. Lá, sua mãe atiçava as chamas no fogão de barro... Uma memória reconfortante.

No meio do emaranhado de ponderações das pessoas, Nicolas era conhecido por Nico. Agora, a figura anônima que andava pelas ruas aparentava ser um estrangeiro ou um excêntrico que trazia o Livro Sagrado embaixo do braço. Esquecido pelos conterrâneos, nunca recebera carta, telefonema ou qualquer pedido de amizade pelas redes sociais. No fim, para Nicolas, não importava o que os outros podiam pensar sobre o seu destino e suas decisões.

No trajeto, forçava os neurônios para evocar a imagem de quando era um menino pobre. As lembranças iam e vinham em ondas de nostalgia. Sensibilizado por forças que o atormentavam, não era um homem que aceitava facilmente desistir. Com o rosto suado, parou e, debruçado sobre o Livro, pedira a Deus que o ajudasse da mesma forma que fizera com Seu filho, que crescera sob o olhar de José.

Os anos de abandono lhe ensinaram que o esquecimento se assemelhava com uma temporada na prisão ou à ociosidade dos leitos de hospitais. Tanto em uma situação como em outra, não se conseguiria deduzir que surpresas se apresentariam aos indivíduos. O ostracismo a que esteve submetido lhe parecia bem pior que a ignomínia que os hebreus passaram no Egito. Esse lapso freudiano fez com que a ansiedade e o ritmo cardíaco se normalizassem, pois entendeu que não estava chegando à Terra Prometida, mas ao território dos Aires e dos Bossorocas – sua família de origem.

Nada mudou; aliás, algumas coisas mudaram sim... Mudaram para acompanhar o estilo de vida das grandes metrópoles. Vilas se transformaram em bairros. Ruas ganharam nomes que homenageavam poetas, escritores e jornalistas de matutinos famosos da capital. Tais ilustres figuras públicas e suas obras, que nasceram no Município e ganharam evidência, lamentavelmente não tinham nutrido os conhecimentos de Nicolas Aires, que nunca lera sequer uma estrofe dos poemas ou mesmo os artigos desses autores que enalteciam as proezas e destacavam as catástrofes do povo... Na concepção de Nicolas, essas homenagens não deveriam ser eternas. O melhor seria que fossem passageiras e que cedessem espaço aos demais pensadores que surgem em cada época. Enfim, o nome das ruas poderia ter caráter transitório... Em meio a isso, uma voz no interior de Nicolas insistia para que deixasse de lado tais preocupações, mas não conseguia...

Quando ainda era Nico, as ruas eram classificadas com uma combinação de letras e números. Por exemplo: Rua A-3, W-5. Hoje, elas têm nomes, calçadas com árvores e números nas casas. Outros tempos... Os carros que passavam em alta velocidade e deixavam as marcas dos pneus no asfalto quente contrastavam com os veículos de sua juventude. As casas também mudaram. Antes, não tinham muros nem cães de guarda. Os cachorros envelheciam pacificamente ao lado dos donos. Hoje, os muros com cacos de vidro e/ou concertina são artifícios de segurança...

Como em uma troca mística de espaço e tempo, as recordações de Nicolas se tornavam mais nítidas e, como em um passe de mágica, via-se menino...

– Estou adorando a claridade que adentra sorrateiramente o meu quarto, o ciciar das cigarras se sobrepõe aos sons que anunciam mais um dia de aula.

Sim, ele ainda era o menino Nico, filho do seu Ari...

– Seu filho está lindo, Áustria. Ele nem se importa mais com o hemangioma na testinha, não é mesmo? – A tia Sabrina fez um comentário e logo voltou aos afazeres:

Todas as manhãs, Nico, com pouco mais de nove anos, saía de casa com o uniforme impecável, cuidado com carinho pela tia. Ele fechava a porta da casa, uma porta antiga, pesada, feita com madeira trabalhada pelas mãos do avô Bernardo Bossoroca, respeitado fazendeiro e ex-prefeito de Taquaral...

No acotovelamento das lembranças, uma cena era interrompida pelo fluxo da outra: agora Nicolas se olhava no espelho de cristal, ajeitava com orgulho o cabelo lambido, empapado de glostora. Por preconceito e vaidade, sempre mantinha o topete bem penteado e armado, para disfarçar o nódulo de cor púrpura.

E, assobiando, subia a ladeira da Rua C Doze e se deparava com o muro alto, bem mais alto do que ele. Certa vez, percebera algo diferente, e isso, de certa maneira, o marcou. A parede de pedras brutas havia sido pintada com o resto da mesma tinta branca que revestira o túmulo do avô, enterrado no Cemitério Anjo da Guarda, na Colônia dos Bossoroca, situada na saída da cidade, em direção ao norte do Estado... Nico chorou ao se lembrar do velho sentado à beira do fogão, chimarreando pensativo, pouco antes de morrer...

Na pasta do colégio, que levava a tiracolo, guardava cadernos, lápis e, com muto carinho, uma borracha branca que havia ganhado da Soraia...

– Onde estaria morando a menina que fora minha coleguinha de aula e que em todas as tardes, enquanto fazíamos o tema de casa, me convidava para comer bolo de limão? – O pastor Nicolas Bossoroca indagou a si mesmo e complementou com certo deleite – o melhor de todos os bolos...

Em um lugar especial na casa da Babilônia, guardava a borracha com amor. Ganhara-a durante uma aula de matemática, depois de ter errado por mais de três vezes o cálculo da raiz quadrada de oitenta e um... O mesmo número da casa que ficava escondida por trás do muro por que ele passava todas as manhãs, muro que o intrigava por nunca ter visto nenhum morador, nenhum cachorro ou gato... Os felinos geralmente circulavam à noite em busca de presas, um instinto da espécie... Mas nem eles eram vistos por lá...

Nunca soube se por trás daquele muro havia moradores. Muitos tentaram invadir a propriedade e outros tantos espreitavam a privacidade de quem poderia estar ali, sejam eles fantasmas ou não...

Quando menino, o pastor também gostava, como todo mundo, de se inteirar acerca dos contos de bruxas e demais assombrações diabólicas que circulavam de boca em boca. Perguntava-se se tais criaturas da ficção poderiam se materializar em adultos...

Depois de trinta e poucos anos e de ter morado em várias partes do mundo, o pastor Nicolas sabia que o muro era um símbolo divisório e representativo entre o bem e o mal. É a linha imaginária que serve para delimitar fronteiras, separar homens e mulheres, incentivar disputas e até mesmo promover guerras. O muro é a metáfora divisória entre o capitalismo e o socialismo entre as nações. Ele limita o direito de ir e vir dos homens que querem encontrar no universo a beleza da natureza, que, em todos os anos, volta com a mesma forma, as mesmas cores e a mesma sensibilidade.

Os muros existem para marcar a desigualdade na pirâmide da estratificação social e não permitir que os mais pobres enxerguem a prepotência dos grandes senhores em seus palácios. Os muros tentam mitigar a cobiça dos mendigos pelos pratos sofisticados e pelos vinhos das melhores castas que foram à mesa dos ricos. Muro que presentificou a morte do avô e que o traumatizou para sempre... Morte do avô e assassinato do pai... A cor branca aludia à paz, porém o que se estampou foi pura injustiça... A discussão boba durante a primeira corrida de cavalo em cancha-reta, no Vale das Taquaras, interrompeu covardemente uma vida. Nico acompanhava o velho pai... Coitado... E, entre os corredores de horrores em que os pensamentos de Nico se conduziam, a ameaça se repetia:

– Some da minha frente, seu piá de merda! – disse o assassino, – Vou te matar como fiz com teu pai.

Nico não se afastava do pai para nada. Na carreira de cancha-reta, presenciou a morte do pai, assassinado a sangue frio. A arma, uma faca manuseada pelo homem que distribuía linguiças na cidade. A mesma faca que carneava os porcos matara o seu pai...

As linguiças eram entregues a várias autoridades, desde a eclesiástica até a policial, civil e militar. Quando o juiz, que era de outra comarca, ia ao foro local, o tio o presenteava com uma caixa de isopor cheia de linguiças. O doutor adorava... Como se pode ver, o homem, além de corpulento, tinha uma rede de relacionamento respeitada na comunidade, assim como foi José Ramos em 1863[1], o que lhe dava muito prestígio, motivo pelo qual a mãe, dona Áustria, resolvera, com a ajuda da tia Sabrina, sair da cidade para morar em uma outra, que tinha mais de duzentos e setenta e um templos. Assim, não seria reconhecido nem lembrado como testemunha de uma tragédia. Foi o que aconteceu.

Nesse ínterim, a mãe, que trabalhava como doméstica em casas de grã-finos da cidade grande, morreu de pneumonia e foi enterrada como indigente. Não tinha ninguém por ela. Nicolas já estava trabalhando como pastor da IURD, próximo a Istambul, na Tur-

---

[1] LIMA, P, L. A História Devorada. Editora Escritos, 2004.

quia. A única coisa que pôde fazer foi uma prece na noite da Corrente Encontro com Deus...

Assim Nicolas voltou... Queria encontrar o templo da IURD e conversar com o pastor local. Não desejava reviver nada. Esperava flagrar uma cidade diferente, com prédios altos, colégios e faculdades, mas nada disso aconteceu. E, no lusco-fusco, avistou um vulto que aos poucos se definia...

– Senhora, desculpa-me, mas preciso saber onde fica o templo da Igreja da Universalidade. – Cheguei pensando que tudo havia mudado e constatei que nada se modificara. – A senhora me ajuda?

– Nem mesmo você se modificou – respondeu a senhora. – Por acaso, não é o filho da dona Áustria e do seu Ari, o Nico?

– Sim, sou eu mesmo, o Nicolas. Como me reconheceu? – perguntou impressionado pela memória da madame.

– Sou a Soraia. Fomos colegas no colégio. Estudávamos matemática. Lembras da raiz quadrada de 81? É 9. Eu te reconheci pelo sinal. Que bom que nos encontramos. Não posso dizer onde fica o templo. Você será reconhecido. Você foi procurado por muitos anos. Não vale a pena se arriscar. Melhor ficar na minha casa.

– Você acha? – Verdade... Pode ser mesmo. – Ao longo de todos esses anos, vivi no anonimato... O esquecimento é igual à prisão: não se sabe qual será a próxima surpresa.

– Concordo, Nico. Você sabe a motivação do crime? É bom que não saiba. Deixe assim e vem comigo.

Três dias depois, o pastor e advogado Nicolas Bossoroca Aires morreu atropelado por um carro sem placa. Foi enterrado no mesmo túmulo do avô, ao lado do muro branco que divide sepulturas conforme a classe.

Timóteo, o peleador

Timóteo Pereira Cavalieri, mais conhecido pelo apelido de *O Peleador* que era neto de um pastor da igreja ortodoxa de Buenos Aires veio a ser, mais adiante, o avô da Nega Ricarda. Graças à história que me foi confiada por um homem que exerceu o ofício de peão das estâncias do conhecido maragato de quatro costados, o Cel. Caetano Carvalho, lembrou-me de Timóteo.

– Ele apareceu pela primeira vez na fronteira do Rio Grande do Sul, em um prostíbulo bem na linha divisória do Uruguai com o Brasil. Não era e nunca foi um bandoleiro, falava pouco de modo abrasileirado para atrair as profissionais que ofereciam o serviço sexual. – ria e brincava, o indivíduo rude daquela manhã.

Conheci-o por acaso, nessas caminhadas que se dá nos finais de semana, quando não há nada para fazer. Tenho a imagem bem viva do taura todo pilchado, como se estivesse chegado de um baile. As botas brilhavam e o lenço vermelho no pescoço chamava a atenção de longe, mesmo para quem passasse do outro lado da rua. A sua roupa era como as dos que lutaram por Silveira Martins e, ao mesmo tempo, caracterizava-se como a típica vestimenta usada durante as missas dominicais. Quando fiz essa observação ao peão Guilhermindo, ele me retrucou e, com ar divertido, comentou que a roupa era de fato festiva e não se enquadrava à nenhuma das opções anteriores.

Com o passar do tempo, descobri que o nome completo do meu amigo era Guilhermindo Honório e Silva. Seu pai o batizou assim em homenagem a um peão profissional do Colorado. Como se fosse hoje, a memória daquelas mãos calejadas que salgavam uma costela de borrego na palangana de metal – comprada lá pelas bandas de Aceguá, no lado uruguaio –, ainda me acompanha. Enquanto derramava a salmoura morna sobre a carne fria, revezava-se com a cuia de mate amargo. Em Guilhermindo a quietude imperava. Tenho presente a imagem daquele homem tossindo sempre, como se fosse dono de um pigarro crônico. Sua fala mansa, estimulada apenas quando lhe perguntavam, a discorrer sobre a luta do povo mercenário contra os pica-paus. Naquele dia, pensativo, indaguei-o sobre um sujeito que teria vindo da Argentina e que havia conquistado a fama de peleador. Pouca gente sabia informações sobre ele. Então, arrisquei:

— Muitos já falaram sobre esse senhor apelidado de vivente. Outros tantos o descreveram como o maior peleador da época... No fim, quem é ele?

— Sim, tratava-se do famoso Timóteo, um bonito rapaz que atraía os olhares das mulheres e suscitava a inveja nos homens. Ele foi um colhudo de pele tisnada pelo sol, parecendo ter queratina de tão rígida e elástica. Trabalhava com gosto. Domava cavalos, laçava e pialava os bois bravos, mas sempre tossindo que nem eu. – Completou a imitação do peão do Colorado.

E antes que Guilhermindo se referisse às peripécias do lendário homem que conhecera de perto, fez uma pausa e, com brilho nos olhos, exaltou a coragem e as bravatas do valentão, acostumado à lida campeira, mas se interrompeu em seguida para destacar isto:

— Ninguém contou a maior aventura que Timóteo havia aprontado. Foi uma coisa linda... (ria) — Pena que não escreveram ainda as nuances desse acontecimento.

— Quem sabe o senhor escreve? — retrucou ele olhando fundo nos meus olhos. — Vou te explicar primeiro o que houve (entusiasmado)... Timóteo fugiu disfarçado de padre! Ver aquele homem com quase dois metros de altura correndo campo afora foi algo extraordinário. Não me lembro muito bem de toda a situação — deu outra gargalhada estridente e baixou a cabeça para se concentrar nos detalhes. — A fuga, ahhh a fuga... Foi no meio de um baile que ocorria na Bailanta do Chico Torto — continuava salgando a costela gorda de ovelha, que se misturava às cinzas do palheiro, atravessado na boca. À parte, o seu enorme bigode ensebado tinha as pontas enroladas e imitava o do líder da Revolução Federalista. — Timóteo veio de Uruguaiana e morou por muitos anos em Santana do Livramento. Trabalhara para vários estancieiros. Gostava de, no cair da tarde, tocar um violão encardido pelo suor e pela poeira emanada dos campos manchados pela seca. — Nessas horas, sempre fazia referência ao violeiro Fidelis Martins, conterrâneo de sua cidade natal, Uruguaiana. Por algum motivo, ele negava a verdadeira origem e acirrava — mesmo que involuntariamente — a desconfiava dos presentes. Do Pedro Raimundo, cantarolava *Adeus Mariana*. Tinha sempre a seu lado a morretiana, uma cachaça de alambique vinda de Morretes, no Paraná. Ele a levava para o boteco perto da fazenda dos Tholozan. A tal fuga se deu depois que o baile acabara, e o caçador de javali, mais para lá do que para cá, quis levar consigo a Marizilda, a moça mais linda do salão e que ainda cheirava a leite. O Timóteo não sabia que ela era filha dos Noronha nem que os quatro irmãos a protegiam ferrenhamente. Quando lhe disseram que o mais velho conseguia destroçar com um tiro uma moeda de 2.000 réis no ar, que os demais possuíam mais de seis cachorros para interceptar javalis e que, depois das caçadas, sempre traziam como troféus dois ou três desses animais, Timóteo não esperou o sol nascer, tossindo muito, de perder o fôlego, montou o alazão Pesadelo e, de acordo com o ditado do interior fronteiriço, que alude àquele que não é benquisto e sai em disparada, "caiu na folha". Depois do susto, ele e o cavalo foram parar no Uruguai e de lá sumiram pelo mundo...

Entre um sorver e outro do chimarrão, o meu contador de histórias de fala mansa arrumava com o dedo indicador o morro da erva na cuia. Tomado por algo alheio a mim, mergulhou em uma longa pausa. Cheguei a pensar que entrara em sono profundo ou que houvesse perdido o fio da história, mas não! Guilhermindo estava apenas se recuperando da farra orgíaca que o fluxo das recordações lhe trouxera. Passado o vórtice de emoções, voltou a si e, como se retomasse o objetivo inicial, continuou:

– Muitos jornalistas e admiradores esboçaram narrativas que deixavam em suspense o paradeiro do gigante Timóteo. No entanto, eu sempre soube do seu destino e dos desdobramentos subsequentes...

O setentão Guilhermindo Honório Silva, peão do Coronel Caetano, ainda que pouco disposto, entre salmouras e mates, decidiu revelar o segredo do qual os Noronha nunca tiveram a chance de se apropriar.

– Depois daquela bagunça na bailanta, não havia roda de mate em que Timóteo não estivesse. O negro tocava pelo simples prazer de tocar. As letras de seus versos evocavam as heranças doídas das senzalas. Em muitas das vezes, no lamento cantado transbordavam tanto os dissabores vividos quanto os escutados por aí afora... A escravidão se expressava nas sutilezas das melodias de Timóteo. Quando, surpreso, olhava para o horizonte campestre, reconhecia pela silhueta o cavaleiro sem campo que se aproximava sem licença do patrão. Cavalgava em meio às sombras crepusculares... E pela manhã, na fímbria dos matos de eucaliptos, quando ainda trazia no peito doído a voz da Marizilda, entregava-se ao sol dourado das nostalgias... Não dizia mais nada. A boa visão sempre foi o mérito do mulato... Passaram-se os anos. Ele voltou mais magro, para não dizer raquítico e com grande falta de ar, trazendo as cicatrizes dos arames farpados e as marcas dos dentes dos javalis que não teve como abater. Retornou como se ali fosse mesmo o seu chão. À época, os cabelos e a barba estavam mais longos. Por sorte, muitos integrantes da família Noronha já haviam partido para outra vida ou para outra praça... Logo, ninguém ficou sabendo quem era aquele sujeito alto. Somente o Guilhermindo guardava a sua identidade. Por reconhecer em mim a lealdade e a cumplicidade, pediu para que eu escrevesse e deixasse registrada a trama de sua desforra. Foi o que fiz. Então, foi assim que contemplei a face do homem como quem vê as figuras retratadas nos afrescos de Michelangelo. Na voz da noite ou no soprar dos ventos, Timóteo, o anjo em forma de gente, esculpido a chibatadas por tiranias e opressões, existia no miolo da imaginação de alguns. Timóteo tornou-se uma espécie de fantasma na cabeça dos descrentes. Ele, já com setenta e sete anos, nascido em Curuzu Cuatiá, pareceu-me semelhante às monumentais estátuas de bronze ou de mármore, porém nele transpirava algo mais antigo do que os ídolos criados e cultuados pelos povos maias itzáes, oriundos da cidade de Chichén Itzá. As profecias propagadas pelo território pertencente ao México, no Yucatã, valorizavam e enalteciam as pirâmides e outras tantas maravilhas. Pensei que cada uma das minhas conversas com Guilhermindo Honório, cada um dos textos ditados por ele duraria para sempre em sua pausada voz, enrouquecida pelo consumo exagerado dos palheiros... Apenas cogitei, porém aquilo só serviu para me anestesiar no tempo, já que tudo se mostrou inútil.

Em 1889, sete anos depois que Robert Kochsem identificou o agente causador da doença, Timóteo Pereira Cavalieri, assim como Guilhermindo Honório, foram devastados pela pneumonia sem assistência.

Timóteo, o peleador, o casca de cobra, o caçador de javali e outros apelidos mais, morreu e Guilhermindo teve sua vontade atendida, escrevi o que ele pediu – Quem sabe o senhor escreve?

Poema número V

Ao se entregar ao sono dos anjos,
guarde, em seu sacrário,
os deliciosos borbotões de gozo.

Dorme sem sonhos,
com os suspiros de mércias,
que só os seres (in)dignos
desfrutam.
E na carne ainda arde
o sumo encanto da beleza indolente.

Dorme, meu pecado,
e se entrelaça às trevas íntimas.
No quarto de rosas vermelhas,
a luz púrpura realça
a seiva melíflua que pulsa
nos lençóis de cetim branco.

Fria como as terras de Herodes,
o breu invade a consciência.
"Mesmo sem ser Salomé,
quero o teu calor".
A manhã chegou e resplandeceu desejos.
A insaciável amante –
ontem, bandida; hoje, afável –,
começa a roçar as coxas fartas em mim.

Bordões fálicos,
vida de Calígula...
Depois do rugir e da fome de movimentos,
o monstro repousa, flácido e contente.
Prazer, amor, carência, furor, vingança?
Dorme sem sonhos, minha afável bandida.

Poema número VI

Fecho os olhos para o mundo
A barbárie cotidiana e naturalizada me cega.
Mulheres espancadas,
mães a matar os filhos...
Como enxergar sem ver?
Chorar sem lágrimas derramar?
Guerras, sonhos perdidos no sangue,
armas empunhadas por alguém
que permanecerá anônimo e sem glória?
Vidas perdidas nas calçadas,
nas sarjetas, nos rios fétidos,
nos ares poluídos pela contagiosa hostilidade...
E o cheiro de sangue dos inocentes não muda o panorama.
A vaidade do homem no poder não tem limites.
Que planeta é esse onde
o padre peca, o soldado agride,
o médico deflora, rasga o diploma
e dá adeus ao juramento de Hipócrates?
O poeta curvou-se diante de Apolo,
de Esculápio e de todos os deuses...
Nada fez.
Fecho meus olhos para o mundo, mas que mundo?
Abro a alma para distribuir o bem,
ensinar os meus filhos e não envergonhar os mestres.
O outro, macula a vida,
inflige remédio mortal que induz ao nojo,
sem substância abortiva com danos morais.
Fecho a alma para essa vida.

Que vida?
Sem arte, sem mulher, sem homem, sem sedução...
Sobretudo sem prazeres, sem amor.
Chega de sofrimento em nome de um deus qualquer,
sob o véu da noite,
do pano cirúrgico azul,
do brando sobre o negro,
da mão sem cor no pescoço,
no osso, na pele, na boca.
Chega. Chega. Chega!

Poema número VII

Calor, suor, nudez,
respirações ofegantes, clímax...
O cheiro de sexo recende dos
nossos corpos.
Quero estar em ti,
contemplando o teu sono.

Vamos continuar juntos,
mergulhados em silêncio,
aguardando o amanhecer
tênue.
A sombra da noite sem mim;
e eu, sem você.

Quero ser o lençol que envolve
a beleza lambuzada em teus
poros.
O néctar do amor,
em caminhos de prazer,
derrama-se pelo dorso, pelos
glúteos...
Beijo-lhe toda e a possuo.

Sou a praia que deságua
sobre teu litoral.
Minha areia ondula e espuma
em teus côncavos.
Preencho-lhe de meu eu e
vice-versa.
É inevitável.
Quero ser teu, teu homem,
teu animal, teu lenhador,
bruto, manso...
Do avesso e sempre,
em todas as estações,
de todas as formas e cores,
em tempo integral.
Você é o meu amor.

Poema número VIII

De quem sou se não te pertenço?
Quando me vejo sem alma, existo?
Por que chora, malévola,
o sangue do peito, nos seios,
como se leite fosse?
Você não me assusta.
Chifres, fetiches, dragões,
feitiços e maldições...
Que queres agora?
Perdi meu reino sem o teu amor?
Não fui o autor da traição.
De quem sou, mulher amarga e sem alma?
De ninguém.
Vingativa, não me quer feliz...
Nem a mim, nem a ninguém.
De quem sou, afinal?
Já fui príncipe e vassalo,
senhor e escravo,
rei e bobo da corte...
Sem o amor, não sei amar.
Não sou o ser dos seres,
nem ninguém.

Poema número IX

A mão tocou meu rosto.
Tremi, respirei fundo,
o sangue ferveu,
o suor escorreu...
A mão tocou meus seios.
Os olhos cintilaram de prazer,
o gosto do pecado verteu nos lábios...
A mão em meu ventre,
calcinha rompida.
Eu a ninfeta liberta...
Quero me repetir em cada gemido.
Sempre.

Poema número X

Ao beber na nascente
da sua boca a saliva e
o suco matinal dos corpos.
Quero o seu suor no meu.
Em qualquer ordem,
a sina de beber, viver e morrer não importa.

Quero ser sinônimo de prazer,
fumar seu cigarro,
inalar suas drogas.
Ser eu, você, nós, outras, outros...
Tudo em uma só matéria e fantasia.
Qualquer nome serve.
Mulher, amante, cadela, puta...
Tanto faz.

Pronto, sou tudo e sou nada a um só tempo.
Deixe-me ser como a Whitney Houston
sem Bobby Brown nem Robyn Crouford.
Sim, sou a bailarina nua no palco,
a que se banha nas águas do esquecimento,
a que abraça outro homem para suprir o que falta...
Posso ser a outra,
quase mulher,
quase objeto,
quase alguma coisa.
Não importa.
Não importa.
Deixe-me ser eu.